ARLEQUIN AU PARNASSE,

OU LA FOLIE DE MELPOMENE.

COMEDIE CRITIQUE

DE LA TRAGEDIE DE *ZAYRE*.

En un Acte & deux Divertissemens.

Representée par les Comédiens Italiens ordinaires du Roy, au mois de Decembre 1732.

Augmentée depuis les Représentations.

Brochure in 8° 12 sols.

A PARIS,

Chez
{
C. L. Thiboust, Place de Cambray.
Jean Pepingue', Quay des Augu-
stins, au S. Esprit.
Gregoire-Antoine Du Puis,
Grande Salle du Palais, au S. Esprit.
}

M. DCC. XXXIII.

Avec Approbation & Permission.

PREFACE.

ON peut dire que la petité Comedie, qu'on offre ici au Public, est son Ouvrage : Elle est composée de ce qu'on a recueilli de ses discours & de ses jugemens.

Certainement la diversité des Génies, des Gouts, des Caracteres est très grande, & cependant, de tous ceux qui ont vû la Tragedie de Zaïre, il n'y en a pas un qui éclairé ou par ses propres lumieres, ou par celles d'autruy, n'ait reconnu tous les défauts, qui sont reprochez à cette Tragedie dans la *Folie de Melpomene*.

Il est vrai que ces défauts frappans & reconnus, n'ont pas empêché que Zaïre n'ait eu toujours jusqu'ici le même cours & le même éclat de succès, mais il est vrai aussi que ce succès apparent n'a pas empêché que tout le monde n'ait toujours dit les mêmes choses à son desavantage ; contradiction qui paroît inconcevable & difficile à expliquer, mais, qui au fonds est très ordinaire parmi les hommes, & qui ne peut jamais être regardée que comme un signe fâcheux pour le prétendu merite qui est ainsi tout ensemble applaudi & reprouvé.

Rien de moins rare que des succès, des prosperitez, des triomphes en tous genres, qui en même temps qu'ils flattent & qu'ils éblouissent, ont encore plus de quoy confondre & humilier.

On ne voit que trop souvent triompher ainsi, au préjudice des femmes les plus aimables, une femme qui leur est infiniment inferieure en tout, excepté en coqueterie & en audace. Tout à coup cette coquette parvient au sort, à l'empire d'une Venus ; elle semble seule posseder tous les dons differents de plaire & de charmer : tout ce qu'il y a de galant s'empresse de grossir sa Cour & de porter ses fers : Tout le reste de son sexe est cu abandonné ou dans la crainte de l'être; Enfin la mode de l'adorer est une mode universelle. Voila dequoy s'extasier de sa gloire, & elle n'y manque pas, mais voici un revers bien mortifiant, c'est que du même fonds que partent les acclamations qui l'enchantent, de ce même fonds s'élevent mille voix redoutables, qui luy reprochent, qu'elle n'a rien en effet dequoy triompher, qu'elle n'est rien moins qu'adorable & belle; que tous ses prétendus charmes sont postiches ou imaginaires. Ceux mêmes qui paroissent le plus prévenus en sa faveur avouënt naïvement qu'ils sont étonnez eux-mêmes de leur prévention, & qu'elle n'a presque aucun fondement: ils avouënt sans qu'on les presse, les uns que sa taille au lieu d'être simplement majestueuse, est gigantesque, que son teint n'est brillant que parce qu'il est fardé; les autres, que aucun de ses traits ne sont faits les uns pour les autres, qu'on n'y trouve aucune simetrie, aucune regularité, qu'on y cherche en vain une vraye noblesse, une delicatesse touchante, une grace naïve ; tous, qu'elle n'a ny mœurs, ny jugement, ny pudeur, ny décence, ny conduite, & qu'une fauſſe vivacité, une bizarerie libertine, un jargon ſingulier & beaucoup d'effronterie font les trois quarts de ſon merite & de ſa vogue.

Il eſt viſible, que malgré les apparences qui éblouiſſent cette Coquette, elle n'a pas au fond dequoy beaucoup ſe feliciter & s'enorgueillir, & telle eſt l'avanture de Zaïre. Le Public en a decidé ainſi.

C'eſt ſur cette déciſion qu'on a travaillé & on a travaillé dans la vûë de ſon objet naturel & du fruit qu'on en peut tirer, qui eſt de maintenir les idées établies & invariables du beau, du bon, du grand, & de ce qui eſt oppoſé à ces caracteres toujours & ſeuls dignes de nos reſpeĉts, de notre admiration, de nos louanges.

Tel eſt l'uſage important de la Critique, ſans elle le Gout, l'Eſprit, les Arts ny les Mœurs ne ſeroient point ſortis du deſordre & y retomberoient ſans eſpoir d'en ſortir, ſans elle nous n'aurions

point eu de Racines ny de Corneilles, &
nous courrions risque sans elle de n'en
voir plus paroître, si le succès de Zaïre
étoit moins équivoque & moins combattu,
il est trop de consequence que ces grands
& dignes Modeles en Dramatique ne
soient ny supplantez ny mis en parallele
avec des Genies qui ne leur ressemblent
en rien.

AVERTISSEMENT.

CETTE Piece avoit esté envoyée à Fontainebleau, trois semaines avant le retour des Italiens; mais comme ils travailloient apparemment dès-lors à leurs Enfans-Trouvez, ils ne se sont pas mis en peine de faire valoir cette Critique; Ils ont au contraire fait tout ce qu'il falloit pour la dégrader. Ces Messieurs ont esté très-lents à la donner, l'ont très-mal accompagnée, & l'ont quittée très-brusquement. Le Public, cependant, avoit fait un accueil très-favorable à cette petite Comedie, & sur la comparaison avantageuse qu'il peut bien encore en faire aujourd'huy avec les Enfans-Trouvez, l'Autheur a cru pouvoir la donner à l'impression: Les Augmentations qu'il y a jointes sur les remarques des Spectateurs, l'y ont encore plus déterminé. Il met sa principale gloire à écouter & à suivre les avis du Public.

ARLEQUIN

AU PARNASSE,

OU

LA FOLIE

DE

MELPOMENE

ACTEURS.

MELPOMENE, *Muse de la Tragedie.*

THALIE, *Muse de la Comédie.*

DOMINIQUE.

ARLEQUIN.

PREMIER DIVERTISSEMENT.

MORPHE'E, *Dieu des Songes.*

TROUPE *de Songes.*

SECOND DIVERTISSEMENT.

TERPSICHORE, *Déesse de la Danse.*

TROUPE *de Danseurs & de Danseuses.*

La Scene est au Parnasse.

ARLEQUIN
AU PARNASSE,
OU
LA FOLIE DE MELPOMENE.

SCENE PREMIERE.

ARLEQUIN, DOMINIQUE, LES DANSEURS,
entrent tous éffoufflés.

ARLEQUIN aux Danfeurs.

RETIRE'S-vous, vous autres, &
allés prendre haleine dans ce bois,
j'iray vous avertir quand j'auray
befoin de vous. (à Dominique.)
As-tu perdu l'efprit toy, de m'a-
voir amené par un chemin comme celui-cy ?
DOMINIQUE.
Ai-je eu moins de peine que toy, à ton avis ?
ARLEQUIN.
Va-t'en au Diable, avec ton Parnaffe ! Comment morbleu, j'ay gravy comme un chat pour

grimper jufqu'ici, & je vois que nous ne fommes encore qu'à moitié chemin.

DOMINIQUE.

Je t'ay donc acculé jufte, quand je t'ay dit qu'on n'y montoit pas fi facilement que tu te l'étois imaginé.

ARLEQUIN.

Ah ventrebleu! le Mont Cénis n'eft qu'une petite butte en comparaifon, & il faut que ces Meffieurs les Autheurs foient de grands Gafcons quand ils parlent du Parnaffe comme de leurs galleries.

DOMINIQUE.

Bon! les trois quarts & plus ne font pas feulement parvenus jufqu'où nous voilà ; & je commence à bien augurer de notre voyage, puis qu'on nous y a laiffés arriver.

ARLEQUIN.

Oh, oh! tu te flattes déja! allons, tu ne déments point tes deux qualités, Poëte & Comédien.

DOMINIQUE.

Tu as tort, je ne m'attribuë rien : C'eft toy, au contraire qui, comme favory de Thalie, m'as fans doute facilité cet accès.

ARLEQUIN.

En ce cas-là, tu ne me louës pas infiniment ; & je me regarderay comme un favory très difgracié, fi je n'obtiens pas d'autres faveurs.

DOMINIQUE.

En effet, tu às eu ton idée, quand tu m'as proposé de t'amener sur le Parnasse.

ARLEQUIN.

Ecoute ; je ne sçais pas trop comment cela m'est venu en tête ; j'ay vû que nous n'avions point de Nouveautés pour reparoître à Paris, que les Auteurs du dehors ne nous présentoient rien ; que vous autres, quoy que de la Troupe, n'aviés rien fait à Fontainebleau, j'ay imaginé de venir en cérémonie faire une visite à Thalie, & de tâcher d'en acrocher quelque chose pour r'ouvrir boutique.

DOMINIQUE.

C'est bien fait ; & cela est d'un bon Camarade.

ARLEQUIN.

Je t'ay amené, toy, comme devant sçavoir le chemin, & point du tout tu me fais prendre par des broslailles diaboliques.

DOMINIQUE.

C'est que tu te rebuttes facilement ; cependant nous ne sommes pas ici dans un si mauvais endroit, & les Muses viennent quelquefois s'y promener.

ARLEQUIN.

Par ma foy, tu me diras tout ce que tu voudras ; mais elles ont là une vilaine promenade ; cecy me semble un desert ; il y regne un silence morne qui m'attriste ; on n'y entend pas le plus petit concert, pas même celui de quelques oy-

feaux ; & j'ay beau pretêr l'oreile, il n'y a d'autre fimphonie que celle de ces Meffieurs de
là-bas.

DOMINIQUE.

Croy-moy, encore une fois, nous ne fommes
pas fi mal, & nous ne ferons pas long-temps
fans voir venir quelqu'un.

ARLEQUIN.

Attendons ; puifque tu le veux : mais voyons
en attendant fi tu as tout ton équipage.

DOMINIQUE.

Comment, & que veux-tu dire ?

ARLEQUIN.

Je veux fçavoir fi tu as du papier, de l'ancre,
des plumes.

DOMINIQUE.

Ah ! fans doute : en forte donc, que me voilà
ton garçon Poëte.

ARLEQUIN.

Apparemment : tu dois même me fçavoir gré
de la preference, allons prépare toy.

DOMINIQUE.

Comment, eft-ce que tu fens déja quelque
infpiration ?

ARLEQUIN. *Il fait femblant de rêver.*

Attend. . . . je penfe qu'ouy. . . .

DOMINIQUE.

Hé bien ?

ARLEQUIN *fâché.*

Oh ! que diable, tu es bien preffé ! eft-ce qu'on
travaille fi vîte, animal ? ne crois-tu pas que je

vais te donner en trois minuttes de ces pieces
qui se font en trois semaines.

DOMINIQUE.

Ma foy je le voudrois!

ARLEQUIN.

Fy donc! oh! je ne travaille que pour la
gloire, moy.

DOMINIQUE.

Vâ, vâ, contente toy du profit.

ARLEQUIN *rêve encore.*

Paix, tay-toy; il m'arrive un surcroît d'i-
dées. . . . . fort bien. . . . je le tiens. . . .
j'ay trouvé le titre. . .

DOMINIQUE.

Diantre! la piece vaut faite: dy viste

ARLEQUIN *avec emphase.*

Arlequin au Parnasse.

DOMINIQUE.

He bien; oüy, t'y voila; aprés?

ARLEQUIN.

Comment, après?

DOMINIQUE.

Vrayement oüy: quel incident, quelle action,
en un mot dequoy rempliras-tu ton titre?

ARLEQUIN.

Ah, ah! voilà qui est plaisant! est-ce que tu
ne vois pas d'abord ce que ce titre là promet?

DOMINIQUE.

Jusqu'à present je ne vois qu'un titre.

ARLEQUIN.

Hé bien, n'est-ce pas le plus fort fait? & puisque
nous avons icy trouvé le titre, nous n'avons qu'à

monter plus haut nous trouverons la piece.

DOMINIQUE.

Oüy : cela se trouve comme cela.

ARLEQUIN.

Allons, allons, dans l'enthousiasme où je suis
je ne veux pas me refroidir ; marche à moy.

DOMINIQUE.

Me voila.

ARLEQUIN. *Il le fait mettre à quatre*
pattes, & se met à cheval sur luy.

DOMINIQUE.

Qu'est-ce que vous faites donc ?

ARLEQUIN.

Je te fais Pégase, mon enfant.

DOMINIQUE.

Attend donc, si tu veux ;
ARLEQUIN *battant & piquant des deux,*
Ohé, ohé, ohé ; haut le pied, Malier.
Ils se culbuttent tous deux, & se retrouvent
sur le cul en se regardant.

ARLEQUIN.

Ecris voilà ma premiere Scene.
DOMINIQUE *en se relevant.*
Je refuse le rôle ; va t'en au diable !
ARLEQUIN *appercevant Thalie.*
Eh vrayement tu avois raison ; je vois Thalie
qui vient à nous d'elle-même.

SCENE

SCENE DEUXIE'ME.

THALIE, ARLEQUIN, DOMINIQUE.
THALIE.

QUe vois-je ? c'eſt je crois Arlequin.
ARLEQUIN.

Eh oüy! Muſe badine, Muſe gentille, Muſe mes amours, c'eſt moy-même : donnés-moy votre gentille petite menotte à baiſer. . . Hom ché guſtò ! ché ſatisfattione, la voila donc cette main ſecourable qui va nous tirer de peine . . . . *Il la baiſe encore.*
DOMINIQUE.

Nous avons grand beſoin, Déeſſe, que vous veüilliés vous employer pour nous.
ARLEQUIN.

Par ma foy, nous ſommes, ce qui s'appelle, aux abois.
THALIE.

Ce n'eſt pas tout-à-fait ma faute ; Vous prénez des pieces , & vous en faites , le tout ſans ma participation.
ARLEQUIN.

C'eſt ce que je me tuë de leur dire ; Ils font plus, ils ne me donnent plus de rôles, à moy ; parce qu'ils prétendent que je n'ay point de mémoire : auſſi, j'ay pris mon parti de venir icy moy-même reclamer ma bonne Souveraine, & luy demander quelque morceau de ſon goût . . . .

quelque chose là . . . . qui leur fasse voir leur bec-
jaune.

THALIE.

Vous vous y prenez sur le tard , & même dans
un moment où cela ne m'est pas possible.

DOMINIQUE.

En est-il où Thalie ne puisse pas produire ?

ARLEQUIN.

Bon ! vous voulez bien dire cela ; mais je ne
suis pas assés Balourd pour le croire.

THALIE.

C'est que vous ignorez ce qui se passe.

ARLEQUIN.

Quoy, vous ne nous donnerez pas seulement
deux ou trois Scenes ?

DOMINIQUE.

Pas la plus petite parodie ?

THALIE.

Ouy vraiement une parodie ! ma sœur Melpomene est bien en état d'estre parodiée ?

ARLEQUIN.

Comment donc , & que lui est il arrivé ?

THALIE.

Les Auteurs Tragiques, qui ne sont pas plus
soigneux de la consulter que vous l'êtes à mon
égard , & les applaudissemens que le grand nombre
vient de donner , malgré cela , à une Tragedie
de contrebande qu'on represente encore , lui ont
absolument fait tourner la tête.

DOMINIQUE.

C'est prendre les choses bien vivement ; & le

petit nombre qui n'a pas été la dupe de cette Piece, devroit avoir empêché ce facheux accident.

THALIE.

Vous ne connoissez pas Melpomene; son caractere est outré; Elle porte les choses à l'extrême : Enfin, tout ce que je puis vous dire, c'est qu'elle est folle, & que sa folie me paroît sans reméde ; Elle court le double-mont avec je ne sçai quelle suitte qu'elle s'est faite depuis peu, & qui est toute aussi folle qu'elle ; mais nous allons tenir un conseil sur cet évenement , & je me rends à ce sujet au sommet du Parnasse où l'assemblée est convoquée.

ARLEQUIN.

Eh bien ! Voilà justement notre affaire ; sa folie est un sujet propre à notre Theatre; & je sçavois bien , moy , que je ferois ma piece.

THALIE.

On pouroit se faire un scrupule de l'attaquer dans la situation où elle est ; car certainement elle est bien malade ; Jusqu'icy , quand je l'ay combatuë, ç'a été presque à armes égales ; mais à present elle ne mérite plus que de la compassion.

ARLEQUIN.

Oh! Thalie est bien compatissante ! C'est son naturel.

DOMINIQUE.

Sa compassion en nous mettant en œuvre, pouroit opérer quelque heureux changement dans la Malade.

ARLEQUIN.

Et dans ſes Partiſans, dont quelques-uns mé-
ritent qu'on tâche de les guérir.

THALIE.

Oüi-dà ; l'idée me touche, & j'y donne les
mains ; vous n'avez qu'a reſter icy ; Melpomene,
dans l'agitation qui la proméne ne tardera pas
à y paroître : examinez-la, & vous verrez ce
que nous en pourons faire ; l'heure de l'Aſſem-
blée m'appelle, je vous laiſſe ; Je reviendrai
vous trouver.

ARLEQUIN.

Nous vous recommandons ſes intereſts.

THALIE.

Je les prendray comme les miens propres.

Elle s'en va.

SCENE TROISIE'ME.

ARLEQUIN & DOMINIQUE.

ARLEQUIN.

MA foy cecy va le mieux du monde, & tu
ne peux pas douter à preſent que je n'en
vienne à mon honneur.

DOMINIQUE.

Ne chante pas encore victoire.

ARLEQUIN.

Pourquoy ?

DOMINIQUE.

C'eſt que tu ne tiens encore rien.

ARLEQUIN.

Vâ, vâ, la folie de Melpomene remplira le titre d'Arlequin au Parnasse.

DOMINIQUE.

Oüi ; mais si tu parois devant elle, elle te reconnoîtra, & ce sera assez pour la faire fuir.

ARLEQUIN.

Tu m'y fais penser, tu as raison : demeure toy, & songe à bien retenir ce que tu verras & ce que tu entendras ; je vais moy me tenir à l'écart avec nos Danseurs, & concerter avec eux quelque petit divertissement en l'honneur de Thalie ; vive l'esprit ! au sortir d'icy, je veux être en état de présider à un Caffé.

Il s'en va.

SCENE QUATRIE'ME.

DOMINIQUE *seul.*

JE commence à croire en effet, qu'Arlequin n'a pas été si mal inspiré. . . . . Mais qu'en-tends-je ? . . . . Ce sont des tons tragiques. . . . oüy. . . . . je vois Melpomene. . . . . elle s'avan-ce seule. . . . . retirons-nous dans quelque coin, & épions le moment de nous montrer à propos.

SCENE CINQUIE'ME.

MELPOMENE. DOMINIQUE, *à part.*

MELPOMENE.

SEjour de Melpomene, azile solitaire,
Des peines de mon cœur soyés dépositaire ,

Et dédommagés moy de l'outrageant oubly
Où mon culte à present demeure ensevely.
DOMINIQUE.
Ce debut n'anonce pas, ce me semble, une
alienation d'esprit si complette que l'a voulu
dire Thalie. , . . . écoutons.
MELPOMENE.
Cachés vous désormais, Racines & Corneilles,
Il vous sied bien encor d'étaler pour merveilles
Des ouvrages sans feu, sans grace, & sans raison :
Tisiphone, accourés, & de votre tison,
Brûlés, mettés en feu ces vieilles rapsodies,
Dignes si justement des traits des parodies ;
Et ne laissés briller au Theatre François
Que les sectateurs nés de mes nouvelles loix.
DOMINIQUE à part.
Oh pour le coup la pauvre Muse en tient ; &
Thalie n'en a pas dit assés. . . . . Continuons
d'entendre.

MELPOMENE.

O vous, chers favoris, de qui l'esprit solide
Est depuis peu ma force & mon unique guide,
Dont l'art a sçû si bien étaler ma beauté ;
Brillés, & triomphés, vous l'avés merité.
DOMINIQUE à part.
L'invitation est admirable !
MELPOMENE.
Et vous, bons spectateurs, dégoutés de l'antique,
Que charme ma nouvelle, & grande Poëtique,
Venés toujours en foule admirer ses attraits,
Vous la reconnoîtrez toujours aux mêmes traits ;
Toujours le même éclat, toujours la même grace,
Ordre, dessein, essor, inconnus au Parnasse ;
Le haut avec le bas, le non avec le oüi ;
Peut-on d'un si beau neuf n'être pas ébloüi ?

Mais quel nuage épais vient obscurcir ma vûë?
Quelle douce langueur saisit mon ame émeuë?
Je sens que le sommeil vient assoupir mes sens,
Que je vais en dormant former d'heureux accens;
Jamais je ne suis mieux par Phœbus inspirée,
Que lorsqu'au doux sommeil je suis ainsi livrée;
Les rêves à l'envy bâtissent mon sujet,
Je m'éveille, je dicte, & le chef-d'œuvre est fait.

Elle se laisse tomber sur un lit de gazon, & elle s'y endort.

On joüe un sommeil; Morphée arrive avec les Songes qui forment des danses.

MORPHE'E *chante.*

Dormés, dormés, sçavante Melpomene,
Reposés-vous sur nous du soin de votre Scene,
Nous y brillerons plus qu'au nouvel Opera:
Si nous sommes usés dans le chant, dans la danse
Lors qu'en grands vers on nous verra,
Nous charmerons toute la France.

On entend une simphonie bizare sur laquelle les Songes forment des pas singuliers en attitudes Tragiques, avec quelques exclamations Comiques, A H ! D I E U X ! C I E L ! Seigneur! mon Pere ! Soutiens - moy dans les differentes Césures de l'air.

MORPHE'E *chante.*

Travaillés d'après nous, vous ne sauriés mieux faire;
Nous seuls pouvons fournir à present du nouveau;
Qu'importe qu'il ne soit pas beau,
Pourvû qu'il n'ait rien d'ordinaire.

Les Songes reprennent leurs danses & sortent en battant des mains & en s'aplaudissant.

DOMINIQUE *s'avance.*

Oh parbleu en voilà en effet de l'extraordi-
naire ? C'eſt-là ſans doute cette ſuite nouvelle
que Melpomene s'eſt formée depuis peu, elle eſt
tout-à-fait bien entenduë & bien choiſie, il y aura
bien du malheur ſi d'orénavant avec de tels ſecours
le Theatre François ne regorge pas de granles
Tragedies ; mais la voilà déja qui s'éveille, vous
verrez que ce ne ſera qu'une Tragedie en un
Acte.

MELPOMENE *s'éveillant.*
Quel tiſſu de beautés ! Quelle foule d'idées !
O ſituations, vous ſerés bien fondées !
Je viens d'imaginer le plus divin morceau
Qui ſe ſoit enfanté ſur le double côteau.

DOMINIQUE *à part.*

Bon ! préſentons-nous ; voicy le moment : mais
donnons-nous pour Comedien François ; Ce
qu'elle vient de produire me paroît de leur
reſſort.

MELPOMENE *le voyant.*
Quel eſt l'audacieux qui d'un pas téméraire
Oſe ainſi pénétrer juſqu'en mon Sanctuaire ?
Gardes, qu'on le ſaiſiſſe.....

DOMINIQUE *ſe jettant à genoux.*

Ah ! Madame ſuſpendés un ordre dont je ne
ſuis pas digne : Je ſuis un député malencontreux
de la grande Troupe de Paris, qui viens implo-
rer votre aſſiſtance, pour vos fideles ſujets que
j'ay laiſſés dans le plus grand de tous les embarras.

MELPOMENE *s'adouciſſant.*
Levés-vous, levés-vous,
Et n'aprehendés rien, je n'ay plus de couroux :

Vous venés, dites-vous, me demander mon aide ;
De vos maux, il est vrai, seule j'ay le reméde ;
Et dans le moment même il vient de m'arriver
Le seul qui vous soit propre, & qui va vous sauver.
Imprimés des billets ; préparés votre Caisse :
Jamais de feu Boyer la plus heureuse piece
N'aura d'un tel concours vû les flots assemblés,
Ni vû de plus d'argent vos coffres-forts comblés.

DOMINIQUE.

Ah ! les agréables promesses ! qu'il me tarde,
divine Muse, de les voir accomplies ! Mais, ose-
rois-je vous demander le titre de ce chef-d'œuvre ?

MELPOMENE.

Le titre ? est-ce donc là ce dont on s'embarasse ?
C'est, quand l'ouvrage est fait, que le titre prend place.

DOMINIQUE.

Ah ! Vous avés raison, & c'est au plan qu'il
faut s'attacher.

MELPOMENE.

Autre sotise encor ! C'est bien à Melpomene
A s'imposer d'un plan la nécessité vaine ?
Ou je le prends tout fait, ou bien s'il ne l'est pas,
Il se forme tout seul, ce n'est point l'embarras ;
D'ailleurs, j'ay tant de Vers fondus dans la mémoire,
Que je ne dois jamais douter de ma victoire ;
Et si-tôt qu'en dormant un sujet m'est venu,
Je n'ay qu'à le donner, d'abord il est couru :
Voulés-vous à l'instant en faire icy l'épreuve
Cinq Actes paroissés, & donnés en la preuve.

SCENE SIXIE'ME.

Les cinq Actes paroissent : Deux entrent par la
droite, deux par la gauche, & un par le

milieu ; ils se placent dans l'ordre des chiffres
qu'ils ont chacun sur le devant de la tête.

DOMINIQUE.

Effectivement , les voilà tous cinq ? J'avoüe
que cela me paroît admirable !

MELPOMENE.

Attendés , attendés , vous n'êtes pas au bout ;
Mais mettés-vous en place, & pesés bien le tout.

DOMINIQUE *à part.*

Ce sont les Songes eux-mêmes mis en Tragique.
Elle va parler bas un instant aux 5 Actes,
& elle revient se placer, & dit :

Ouvrés , beau premier Acte.

Le PREMIER ACTE *s'avance & bien tendrement dit,*

Ah ! d'une part j'expose

Un Soudan doucereux , Un Tartare à l'eau rose,
Et qui plus Celadon qu'un Heros de Roman
Habille à la Françoise, un Amour Muzulman ;
De l'autre je fais voir une jeune Princesse ,
Qui ne connoît de foy, de loy, que sa tendresse,
Ou qui ne reconnoît d'autre religion,
Que celle qu'on reçoit de l'éducation.

Le DEUXIE'ME ACTE *aproche , & d'un ton soutenu,*
Alors, moy qui du nœud dois assembler la trame,
Je viens jetter le trouble & l'effroy dans son ame,
Et luy representant ses devoirs oubliés ,
Je luy reprohe en vain qu'elle les foule aux pieds.

Le QUAT. ACTE *accourt & d'un ton très-empoulé,*
Aussi-tôt je parois . . . .

Le DEUXIE'ME ACTE.

Et pourquoy donc paroître ?

Le QUATRIE'ME ACTE.

Vous ne voyés donc pas que c'est un coup de Maître.

MELPOMENE *au quatrieme Acte.*

Laissés , laissés le dire , il ignore notre art.

Le QUAT. ACTE reprend sur son premier ton,
Je parois, & j'amene un débile Vieillard,
Qui courbé sous les ans, ne se soutient qu'à peine ;
De la reconnoissance alors je fais la Scene ;
Le bon homme attendry de voir sous d'autres noms
Et sa fille, & son fils . . . . leur fait de beaux sermons ;
Mais on a beau prêcher qui n'a cure d'entendre,
Sa fille, malgré luy veut luy donner un gendre,
Et quel gendre ; grands Dieux ! Aussi notre Barbon
Meurt, créve de douleur, autant que du sermon.

Le DEUXIE'ME ACTE.
He bien, vous voyez donc que la piece est finie ?

Le TROIS. ACTE s'avance & d'un ton doucereux dit,
Attendez ; doucement ; j'ay la péripetie :
Notre sage Princesse oublie en un moment
Qu'elle a perdu son Pere, & court à son Amant ;
Mais quel sera le fruit de cette frenesie ?
Le voicy ; Cet Amant prend une jalousie,
Qui jusqu'au dernier Acte alongeant l'action,
Porte la Tragedie à sa perfection.

DOMINIQUE.

Fort bien : En sorte que le second & le qua-
triéme Actes ne font qu'un, & que le troisiéme
fait aussi pour deux.

Le CINQUIE'ME ACTE avance & d'un ton furieux,
Alors, venant crier mainte & mainte Apostrophe,
Sans rien examiner je fais la Catastrophe ?
J'amene mon Heros, mais entre chien & loup,
Et comme un scelérat pour faire un mauvais coup ;
Là le poignard en main il perce ce qu'il aime,
Puis dans son repentir il se perce luy-même. . . . .
Peut-on jamais finir par un plus grand morceau.

Ah ! Muse vous pleurés !

MELPOMENE essuyant ses yeux
très-beau ! très-beau ! très-beau !
Vous avez tous suivi l'esprit de Melpomene,

Soyez donc à jamais les Maîtres de la Scene ;
De conduite & de mœurs donnés - y des leçons,
Les regles d'autrefois ne font que des chanfons.
Vous (*à Dominique*) qu'un heureux inftinct à conduit au
    Permeffe,
Suivez-moy , je pretends vous dicter cette Piece ,
Qui bien - tôt fera voir par fon brillant fuccès,
Que Melpomene étoit dans un heureux accès.
    Ils veulent fortir.

SCENE SEPTIE'ME.

THALIE *les arreftant.*

Arreftez , arreftez , je viens icy moy-même
Aux cinq Actes nouveaux ajouter un fixiéme.
   Les CINQ ACTES *tous enfemble.*
Six- Actes. !

THALIE.

Pourquoy non ? Vous allez convenir
Qu'il faloit celui-cy pour pouvoir bien finir :
C'eft du grand Apollon, (*à Melpomene*) un decret qui
    vous touche,
Decret qu'il vous prefcrit d'entendre par ma bouche,
Et le Parnaffe en Corps veut unanimement
Que vous vous conformiés à ce commandement ;
C'eft qu'attendu l'état où vous eftes réduite ,
Vous foyez enfermée , & vous , & votre fuite ,
Pour vous faire dabord prendre des alimens ,
Enfuite vous donner de bons médicamens :
On doit à cet effet conftruire une Retraite ,
Où méthodiquement ce Dieu veut qu'on vous traite ;
Voulant fur le Parnaffe , & pour bonnes raifons
Avoir d'orénavant des Petites-Maifons.
   Le TROISIEME ACTE.
C'eft vous , Acte Second ?

Le DEUXIEME ACTE.

C'eſt plûtôt, vous Troiſiéme,
Qui nous faites couvrir de cette honte extrême.

ACTE TROISIEME.

Qui moi ? qui par mon art & mes ſuſpenſions,
Mes exclamations ſur exclamations,
Mes dits, mes contredits, mes départs, mes rentrées,
Ay vû de mes tranſports les ames pénétrées.

ACTE QUATRIEME.

Ah ! tout ce rempliſſage & toutes ces rumeurs
Eſtoient trop au-deſſous de mes nobles clameurs !
Je vous avois tracé la route la plus belle,
Un bracelet l'avoit rendu ſi naturelle
Vous n'aviez qu'à la ſuivre, elle eût eu ſon effet,
Zaïre n'auroit pas commis un grand forfait ;
Le bon Sultan luy-même eût eu l'ame attendrie,
Et Luſignan ne fut pas mort de maladie.

ACTE CINQUIEME.

Ah ! quelle eſt votre erreur ? Ne vous en flatez pas ;
Le Soudan de ſon rôle étoit déja ſi las,
Que dès le troiſiéme Acte, au milieu de la lice,
Les mains luy demangeoient de ſe faire juſtice ;
Mais, ſur un *Vous Pleurez*, ne l'ayant pas voulu,
Sur un billet en l'air enfin il l'a fallu,
Et voilà le grand coup de la Peripetie.

ACTE PREMIER.

Et moy, J'avois ſi bien engagé la partie.

ACTE CINQ *au Premier.*

Oüy, c'eſt Vous . . . . .

ACTE PREMIER *à l'Acte Cinq.*

Ah ! c'eſt Vous !

ACTE DEUXIEME *au Quatrieme Acte.*

Ah ! c'eſt Vous !

ACTE QUATRIEME *au Troiſiéme.*

Ah ! c'eſt Vous !

THALIE aux Cinq Actes.
Allez, Vous n'avez rien à vous reprocher tous.

MELPOMENE.
O rage! ô defefpoir! ô Sœur, mon ennemie,
Ne m'a-t-on aplaudy que pour cette infamie?
Et n'auraï-je charmé Nobles & Roturiers,
Que pour voir en un jour flétrir tant de lauriers?
Pleurés, pleurés mes yeux, fondés en Cataractes?
Et noyés dans vos pleurs mes malheureux cinq Actes.

THALIE.
O le beau defefpoir! ô les nobles clameurs!
Voila certainement d'héroïques vapeurs!
Mais marchés; & gardés de faire réfiftance.

Ils s'en vont tous en pleurant Comiquement.

THALIE *à Dominique.*
Pour vous, qui demandiés tantôt mon affiftance,
Vous pouvés au Parterre aller prefentement
Donner pour nouveauté le prefent Jugement;
Et, pour que le fuccès à notre efpoir réponde,
Luy dire qu'Apollon pretend qu'il nous feconde.

On prélude.

SCENE HUITIE'ME
& derniere.

THALIE, DOMINIQUE, ARLEQUIN,
Avec les Danfeurs.

THALIE.
Qu'entends-je? D'où part cette Simphonie?

DOMINIQUE.
C'eft Arlequin, fans doute, qui vient vous donner une fête.   **ARLEQUIN.**

Oüi, divine Mufe; Terpficore nous a conté ce
qui vient d'arriver, & elle s'eft mife à la tête
de nos Danfeurs pour venir avec nous vous faire
compliment.

DIVERTISSEMENT.

On joüé une Marche.
TERPSICORE *amene les Danseurs & Danseuses.*

LE CHANTEUR.

Triomphés, divine Thalie,
Que de vos jeux badins notre Scene remplie
Ait à son tour les honneurs du succès ?
Que Melpomene & ses accès
Nous tiennent lieu de parodie
Que le grand nombre enfin vienne abjurer l'excès
Des aplaudissemens qu'au Theatre François
Il a donnés à la Folie.
Triomphés, divine Thalie
Que de vos jeux badins notre Scene remplie
Ait à son tour les honneurs du succès.

On danse.

TERPSICORE *danse seule.*

THALIE *chante.*

Que vos pas joints à mes jeux
Réjoüissent notre Scene,
Le public en sera mieux
De n'y plus voir Melpomene.

TERPSICORE, & THALIE, *dansent.*

VAUDEVILLE.

LE CHANTEUR.

Jadis on voyoit en France,
Des Ouvrages excellens,

A préſent les faux brillants ,
Sont reçeus par préférence :
Quoy ? le Public aujourd'huy
N'eſt-il plus ſemblable à luy ?

I D E M.

Bon Sens, Moralle, Juſteſſe,
Jadis étoient én crédit ,
A préſent on n'aplaudit ,
Qu'à la verve qui les bleſſe.
Quoy ? le Public aujourd'huy
N'eſt-il plus ſemblable à luy ?

T H A L I E.

Non, ſur ſon premier ſuffrage ,
On auroit tort de compter ,
On le voit ſe rétracter ,
Si-tôt qu'il a lû l'Ouvrage ,
Et le Public aujourd'huy
Eſt toûjours ſemblable à luy.

F I N.

APPROBATION.

J'AY lû par ordre de Monſeigneur le Garde des Sceaux *Arlequin au Parnaſſe* , ou *la Folie de Melpomene* , Comédie pour le Theatre Italien , & n'y ay rien trouvé qui puiſſe en empêcher l'impreſſion. Fait à Paris le 12 Decembre 1732. GALLYOT.

PRIVILEGE DU ROY.

LOUIS, PAR LA GRACE DE DIEU, ROY DE FRANCE ET DE NAVARRE: A nos amez & feaux Conseillers les Gens tenans nos Cours de Parlement, Maîtres des Requestes ordinaires de Notre Hôtel, Grand Conseil, Prevôt de Paris, Baillifs, Senechaux, leurs Lieutenants Civils & autres nos Justiciers qu'il appartiendra, SALUT; Notre bien amé le Sieur * * * Nous ayant fait supplier de lui accorder Nos Lettres de Permission pour l'impression d'un Manuscrit qui a pour titre *Arlequin au Parnasse, ou la folie de Melpomene*, offrant pour cet effet de le faire imprimer en bon Papier & beaux Caracteres, suivant la feuille imprimée & attachée pour modele sous le Contrescel des Présentes, Nous luy avons permis & permettons par ces Présentes de faire imprimer ledit Ouvrage cy-dessus spécifié, conjointement ou separément, & autant de fois que bon luy semblera, & de le faire vendre & debiter par tout Notre Royaume pendant le temps de trois années consecutives, à compter du jour de la datte desdites Présentes; Faisons défenses à tous Libraires Imprimeurs & autres Personnes de quelque qualité & condition qu'elles soient d'en introduire d'impression étrangere dans aucun lieu de Notre obéissance: A la charge que ces Présentes seront enregistrées tout au long sur le Regiſtre de la Communauté des Libraires & Imprimeurs de Paris, dans trois mois de la datte d'icelles ; Que l'impreſſion dudit Ouvrage ſera faite dans Notre Royaume & non ailleurs : Et que l'Impétrant ſe conformera en tout aux Reglemens de la Librairie, & notament à celuy du dixiéme Avril mil ſept cent vingt-cinq ; Et qu'avant que de l'expoſer en vente, le Manuſcrit ou Imprimé qui aura ſervy de Copie à l'impreſſion dudit Livre, ſera remis dans le même eſtat, où l'Approbation y aura eſté donnée, ès mains de Notre très-cher & féal Chevalier, Garde des Sceaux de France, le Sieur Chauvelin ; Et qu'il en ſera enſuite remis deux Exemplaires dans Notre Bibliotheque Publique, un dans celle de Notre Château du Louvre, & un dans celle de Notre très-cher & féal Chevalier, Garde des Sceaux de France, le Sieur Chauvelin ; Le tout à peine de nullité des Préſentes : Du contenu deſquelles Vous mandons & enjoignons de faire jouir l'Expoſant ou ſes ayans cauſe pleinement & paiſiblement, ſans ſouffrir qu'il leur ſoit fait aucun trouble ou empêchement : Voulons qu'à la Copie deſdites Préſentes qui ſera imprimée tout au long au commencement ou à la fin dudit Ouvrage, foy ſoit ajoutée comme à l'Original : COMMANDONS au premier Notre Huiſſier ou Sergent, de faire pour l'execution d'Icelles tous Actes requis & néceſſaires, ſans demander autre permiſſion ; Et nonobſtant Clameur de

Haro, Chartre Normande, & Lettres à ce con-
traires : C A R, tel eſt notre plaiſir. D O N N E'
à Paris le trente-uniéme jour du mois de Janvier,
l'an de grace mil ſept cent trente-trois ; Et de
Notre Regne le dix-huitiéme.

Par le Roy en ſon Conſeil,

SAINSON.

Regiſtré ſur le Regiſtre V I I I *de la Chambre
Royale & Sydicale de la Librairie & Impri-
merie de Paris,* N°. 492 *, fol.* 471 *, confor-
mément au Reglement de* 1723 *; Qui fait dé-
fenſes* art I V. *à toutes Perſonnes de quelque
qualité qu'elles ſoient, autres que les Libraires
& Imprimeurs, de vendre, debiter & faire
afficher aucuns Livres pour les vendre en leurs
noms, ſoit qu'ils s'en diſent les Auteurs, ou
autrement ; Et à la charge de fournir les Exemplaires preſcrits par l'art.* C V I I I *du même
Reglement. A Paris le premier Fevrier* 1733.

G. M A R T I N, Syndic.